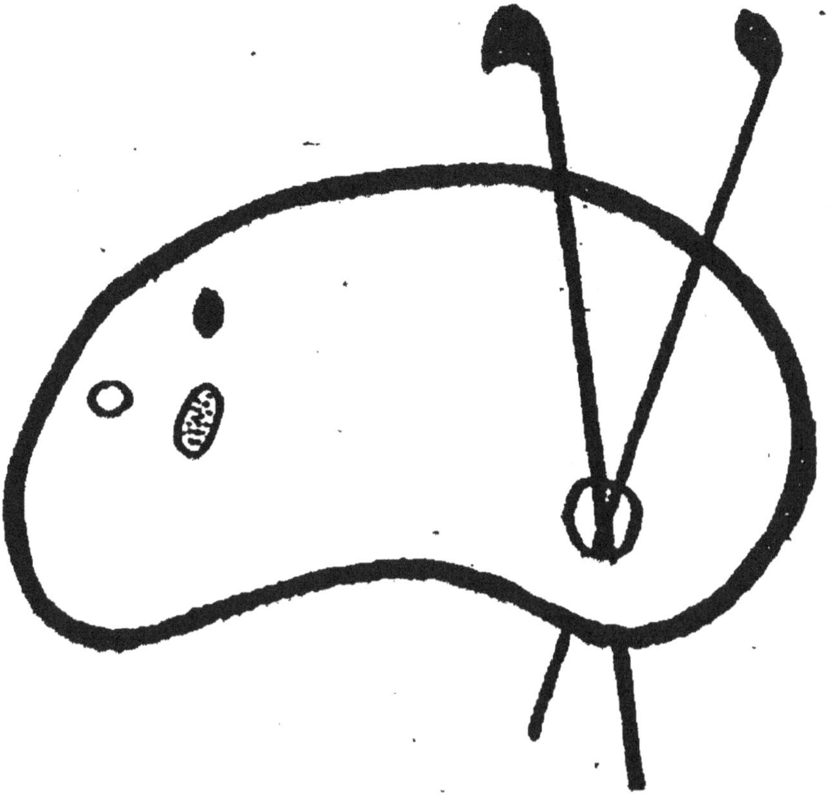

COUVERTURE SUPERIEURE ET INFERIEURE
EN COULEUR

Yacoub Artin Pacha

Lettres du Dr Perron

du CAIRE et d'ALEXANDRIE

à M. Jules Mohl, à Paris

1838-1854

LE CAIRE

F. DIEMER

FINCK & BAYLAENDER Succ.

ÉDITEURS

1911

YACOUB ARTIN PACHA

Lettres du Dʳ Perron

du CAIRE et d'ALEXANDRIE

à M. JULES MOHL, à Paris

1838-1854

LE CAIRE
F. DIEMER
FINCK & BAYLAENDER Succ.
ÉDITEURS

1911

AVANT-PROPOS

Le mémoire qui précède la publication des lettres du Docteur Perron, a été présenté en séance à l'Institut Égyptien et publié dans son Bulletin, 5me série, Tome III, page 137.

En écrivant cette étude sur ces quelques lettres inédites du Dr Perron à M. J. Mohl, je me suis surtout attaché à relever les passages ayant rapport à l'histoire contemporaine de l'Egypte.

Les lettres elles-mêmes auraient dû être publiées in extenso, à la suite de ce mémoire, comme je le demandai moi-même, car l'intérêt qu'elles offraient à d'autres points de vue, au moment où elles ont été écrites, les aurait rendues précieuses pour les érudits et les chercheurs.

Cependant, pour une raison ou pour une autre, cette publication n'ayant pas été faite et le mémoire m'ayant paru incomplet, j'ai cru devoir les publier ensemble et les offrir au public.

Le Caire, 1911.

YACOUB ARTIN PACHA

Lettres du Dr Perron à M. J. Mohl

PAR

YACOUB ARTIN PACHA

———◆———

I.

En 1908, M. de Mohl, Ministre Plénipotentiaire, Commissaire Allemand à la Caisse de
la Dette Publique et notre honorable collègue,
m'a remis quatorze lettres autographes du
Dr Perron, adressées d'Égypte à M. Jules Mohl,
le célèbre orientaliste, Membre de l'Institut de
France, Secrétaire de la Société Asiatique et
oncle de M. O. de Mohl.

Tous les papiers provenant de M. J. Mohl
étant déposés aux archives de l'Institut de
France, M. O. de Mohl a pensé y joindre aussi
ces lettres qui se trouvaient chez lui en sa
qualité d'héritier de son oncle.

Cependant comme ces lettres furent envoyées
d'Égypte, M. de Mohl me les a communiquées
pour voir si je ne trouvais rien intéressant

l'Égypte, et par conséquent notre Institut, avant de les envoyer à Paris.

Je pense que vous voudrez bien vous joindre à moi pour remercier M. de Mohl de sa bonne pensée et vu l'intérêt de ces lettres, à différents points de vue, en autoriser la publication dans votre Bulletin.

II.

Dans le rapport sur les travaux du Conseil de la Société Asiatique pendant les années 1875-1876 et à la date du 28 juin 1876 (7me série, tome VIII) M. Ernest Renan, en rendant compte des travaux de la Société, fait la biographie et l'éloge de M. J. Mohl qui naquit, dit-il, à Stuttgart, le 25 octobre 1800 et mourut le 4 janvier 1876 à Paris.

Dans le même rapport M. E. Renan fait l'éloge et la biographie du Dr Perron dont la mort suivit de près celle de son correspondant M. J. Mohl.

Voici ce qu'en dit M. E. Renan:

« Le 11 janvier 1876 a également disparu un homme qui laissera dans l'histoire de nos études un souvenir durable, je veux parler du Dr Perron. Un des premiers engagés dans cette

brigade d'hommes éclairés et courageux qui
secondèrent en Égypte les initiatives civilisa-
trices de Méhémet Aly, Perron n'étudia pas
seulement l'Orient en érudit ; comme toute la
génération dont il fit partie, il crut à l'Orient,
espéra sa régénération, y travailla avec un rare
dévouement. La fondation d'une médecine
arabe française fut en partie son ouvrage. Il
rendit, dans l'œuvre de nos écoles d'Algérie,
des services du même ordre. Plein de sentiments philanthropiques et imbu des principes
d'une philosophie sympathique, il aimait les
Arabes, croyait à la possibilité de les amener
à la civilisation européenne » ([1]).

M. Perron a publié beaucoup de traductions
de l'arabe : Un voyage au Darfour et un autre
au Wadaï entre 1845 et 1846 ; Une traduction
du Mokhtassar de Sidi Khalil-ibn-Ishak, droit
selon le rite Malekhite en trois volumes, de
1846 à 1851 ; Les femmes arabes, dont M. Mohl,
en en rendant compte à la Société Asiatique, dit:
« C'est une histoire anecdotique et raisonnée
du rôle et du caractère des femmes chez les
Arabes avant et après Mohammed. Il commence

([1]) Voyez le passage de la troisième lettre qui
semble contredire ces appréciations de M. E. Renan.

par les contes des Arabes sur la reine de Saba, puis rentre sur un terrain plus historique et expose la position, l'éducation, l'influence, les qualités des femmes chez les anciennes tribus du désert, accompagnant chaque exposé d'anecdotes et de traductions de poésies; ensuite il explique le changement que l'Islam a apporté dans la position des femmes et suit ainsi cette histoire jusqu'au Khalife Mamoun où il l'abandonne, parce que les femmes, à partir de cette époque, n'ont fait que déchoir chez les Musulmans.

« Tout cela, raconté dans un style vif, abondant, souvent surabondant, quelquefois cru, forme un livre instructif en montrant un côté de la vie arabe inconnue.

« L'auteur ne cite presque jamais ses sources. Je crois qu'une grande partie des anecdotes qui contiennent des poésies sont tirées du Kitab el Aghani, les autres de quelques-uns de ces grands recueils de traits de mœurs qui sont généralement divisés en chapitres dont chacun traite d'une qualité ou d'un vice » (1).

M. le Dr Perron a encore traduit le Noceri,

_____

(1) *Vingt-sept ans d'histoire d'études orientales* par J. Mohl, Paris, Rainvald, 1880, Vol. II, page 238.

traité d'hippologie et hippiatrie arabe d'Abou
Bakr Ibn-Badr qu'il publia en 1859.

Il a aussi traduit un roman arabe « Seyf
el Tidjan » vers 1862, etc., etc.

Comme vous voyez, son activité littéraire
ne se ralentit pas pendant une longue période
d'années.

III.

Les lettres que je vous présente vont du
10 août 1836 au 2 octobre 1854. Elles sont,
comme je vous l'ai dit, au nombre de quatorze.
Il y parle en général de ses travaux de
traduction.

Dans les premières lettres il parle d'un
autre orientaliste, Fulgence Fresnel, né le 15
avril 1795 et mort à Bagdad le 30 novembre 1855.

M. J. Mohl, en rendant compte de la vie de
M. Fresnel, dit: « C'était un homme singulier,
bien doué, du caractère le plus aimable, de la
conversation la plus gracieuse, d'une générosité
ruineuse pour sa fortune, d'une vivacité d'esprit
rare, d'une sagacité étonnante; il laisse une
trace dans la science qui ne s'effacera jamais
entièrement, mais il n'a pas atteint tout ce que
son talent méritait de gloire et tout ce que

son âme méritait de bonheur, parce qu'il n'a jamais su discipliner son esprit » (¹).

M. Fresnel, cousin de M. Prosper Mérimée, était un célèbre orientaliste de l'école de Sylvestre de Sacy, dont il fut un des élèves les plus distingués. Il vint en Égypte en même temps que le Dr Perron pour étudier l'arabe et ayant déposé toute sa fortune dans une banque d'Alexandrie vers 1835 et cette banque ayant fait faillite, il se trouva sans ressources et grâce au Dr Perron, à M. J. Mohl et à leurs amis en France, il obtint le Consulat de Djeddah où il put rendre de très grands services et à la science et aux pèlerins algériens à cause de l'amitié dont l'honorait le Chérif de la Mecque.

C'est pendant sa résidence au Consulat de Djeddah (1841-1842) que Léon Roches fit son pèlerinage à la Mecque sous le nom de Haji Omar et sous les auspices du Gouvernement de l'Algérie.

Plus tard M. Fresnel fut transféré à Bagdad où il mourut, comme nous l'avons dit.

Dans sa première lettre (Alexandrie, 10 août

(¹) *Vingt-sept ans d'histoire d'études orientales, etc.*, Rapport du 23 juin 1856.

1836), M. Perron demande à M. Mohl de le
guider dans ses travaux : « Indiquez-moi ce
que vous jugerez de meilleur et de plus
honorable à faire, dit-il, car je suis pauvre,
sans autre fortune que mon encre... Votre
pureté de principes et d'amitié me donnent
en vous un conseiller et j'ose le dire sans
hésiter un ami sincère ».

Plus loin, il répond sans doute à une
demande de M. J. Mohl en écrivant : « Je ne
puis vous envoyer à présent les renseignements
que vous me demandez sur l'instruction en
Égypte; à mon retour au Caire je m'en occuperai, car j'ai besoin de notre Scheikh Mohamed
Ayyad pour les notions à avoir sur l'instruction
donnée dans les mosquées, la direction de
cette instruction et les utilités présumées que
l'avenir peut en recueillir » (1).

Je passe sous silence tout ce qui dans ces
lettres ne touche pas directement l'Égypte.

Dans sa troisième lettre datée du Caire,
18 septembre 1839, il dit :

« Pour moi je viens d'être porté à la direction

---

(1) Lettre sur les écoles et l'imprimerie du Pacha
d'Égypte, par M. A. Perron à M. J. Mohl — Kaire 22
octobre 1842 (pages 5 à 23) *Journal Asiatique*—4me série,
tome 2, 1843.

de l'école de médecine. Et chose singulière, les connaissances que j'ai acquises dans la langue arabe, correspondant au besoin de l'organisation actuelle de l'École, le Pacha a approuvé de suite ma promotion. Tous les cours désormais vont être faits sans l'intermédiaire de traducteurs; les élèves qui, sortis d'Abou Zabel sont allés terminer leurs études à Paris, sont élevés au titre de professeur et nécessairement, pour exercer un contrôle indispensable et une surveillance constante sur le travail de l'école, il fallait un directeur sachant la langue du pays par principes et encore la langue littérale. Ce nouvel état m'apporte quelque amélioration matérielle, c'est-à-dire financière, mais ici tout est tellement précaire et tellement exposé aux caprices des événements et des hommes mêmes que, si je savais rencontrer immédiatement en France la moitié de ce que je recueille ici, je partirai de suite... » (¹).

Présenté de cette façon, le gouvernement

---

(1) Il semble que le Dʳ Perron n'avait pas confiance dans l'avenir de l'Égypte ni en l'étoile de Méhémet Aly, comme le pensait Renan. (Voyez plus haut le passage de son rapport que nous avons cité, II).

et le Grand Pacha lui-même paraissent avoir, à cette époque, c'est-à-dire vers la fin de l'occupation de Syrie (1839), au moment où on ne s'entendait plus avec la Turquie et que de part et d'autre on se préparait à la guerre qui se termina pour les égyptiens avec la victoire de Nézibe, le Grand Pacha et son gouvernement paraissent avoir, dis-je, la volonté d'arabiser l'Égypte, si je puis m'exprimer ainsi, en introduisant la langue arabe comme véhicule d'enseignement dans les écoles. Cependant, comme nous le verrons plus loin dans la 5me lettre, la vraie et la principale raison de cette mesure était simplement une question d'économie dans les dépenses des écoles, d'où découla le renvoi des professeurs européens payés trop cher, pour les remplacer par des professeurs égyptiens moins payés.

Le Dr Perron se trouve assez embarrassé pour l'impression des Ansab par M. Duprat, et il ajoute : « Je m'en remettais entièrement à lui pour les dépenses et leur évaluation. Je ne vois qu'un inconvénient à présent pour entreprendre la publication que je désire faire (mais le plus économiquement possible, sans cependant négliger ce que peut demander l'apparence d'un livre), c'est que nous sommes rarement payés et on nous doit actuellement un an d'appointements. Si M. Duprat a assez de confiance en moi, je le prie de se mettre de suite à l'impression, lui promettant de le solder par portions toutes les fois qu'on nous paiera ; les affaires du Pacha s'arrangeant, je ne crois pas que le gouvernement restera désormais aussi arriéré dans ce qu'il doit à ses employés. Et puis, je viens d'être augmenté : j'avais trois bourses, le Pacha m'en a accordé cinq par mois ».

Il y a 80 ans environ, on était moins exigeant que l'on n'est aujourd'hui au service de l'Égypte. Vous voyez comment le Dr Perron se croit réellement riche avec dix livres d'augmentation (cinq livres égyptiennes fai-saient une bourse).

Avec cela on n'était pas régulièrement payés, les retards dans le paiement des pensions étaient plutôt la règle, comme vous le voyez. Méhémet Aly ne put régler ses finances qu'après 1840, lorsqu'il y introduisit les réformes pré-conisées par mon père Artin Bey qui fit venir de France des comptables tels que Thoron, Aidé, etc., et qui mirent la comptabilité de l'État sur le même pied que la comptabilité d'État en France, jusqu'à la concession du

Canal de Suez et à l'emprunt de 1862 qui en
fut la suite, sous Saïd Pacha, et aux emprunts
successifs faits par Ismaïl Pacha, les finances
de l'Égypte se maintinrent très réglées et
prospères pendant plus de vingt-cinq ans.

Dans sa 4me lettre datée du Caire, 9 janvier
1840, le Dr Perron rend compte de la mort du
Cheikh de la Mosquée d'El Azhar. « Le Cheikh
Al-Islam vient de mourir; il est déjà remplacé.
Son successeur est le Cheikh El Waim, un
pauvre sire en fait d'instruction, mais riche en
fait d'argent. Notre Cheikh Mohammed Ayyad
a fait un Kassideh à cette occasion. Il y en a
eu une foule d'autres ; mais le sien, qui me
semble le meilleur, n'a pu être lu au nouveau
Seigneur. J'enverrai au Journal quelque chose
à propos des circonstances qui signalent le
changement du Cheikh Al-Islam, et quelques
vers faits à ce sujet » (1).

Dans la 5me lettre (Caire, le 28 décembre
1841), il parle de la Société Égyptienne du
Caire où il compte publier son travail des

_____

(1) Je n'ai pu retrouver ce mémoire, qui n'a jamais
dû être écrit, ou qui n'a pas dû être imprimé dans le
Journal Asiatique, s'il a été écrit.

généalogies (Ansab). Plus loin il parle de la
musique arabe dont l'origine, dit-il, est grecque.
Enfin, en terminant il écrit : « Les affaires d'É-
gypte sont toujours dans le même état d'incertitude. L'économie est aujourd'hui le grand mot
gouvernemental et on travaille de toute part à
éliminer les employés européens. Par économie
encore on vient de réduire à un petit nombre
d'individus les élèves des écoles ; et l'École de
Médecine, par exemple, qui avait 300 élèves,
est fixée maintenant à 130 seulement. Toutes
les autres ont subi des réductions analogues.

« Les troupes aussi ont diminué considérablement, et dans un état peu prospère (¹). On
ne peut rien prévoir de ce qui peut éclore des

(¹) La guerre de Syrie terminée, les troupes furent
naturellement diminuées. Méhémet Aly les employa à
la construction des barrages et dans les cultures de
l'État. Et à ce propos, dans les Tchiflikes de Nabarow
et de Nacharte, il leur faisait planter du coton sous la
direction de Youssouf Effendi Ballan.

Les soldats, sous les ordres de leurs officiers et
sous-officiers, plantaient le coton pendant le jour, et
les paysans venaient, pendant la nuit, déterrer les
graines. Lorsqu'on s'aperçut de ce manège, Méhémet
Aly envoya dans ces Tchiflikes des Bachi-Bouzouks
turcs qui eurent raison de la mauvaise volonté des
paysans.

circonstances actuelles. Le Pacha est depuis
deux mois dans la Haute-Égypte, et aucune
nouvelle politique ne circule ici; tout est dans
le plus grand silence.

« En Syrie les Druses et les Maronites sont
continuellement en lutte, en hostilités. Je viens
de voir aujourd'hui un voyageur qui revient de
Syrie, et il m'a assuré que tout y était en
désordre. A Naplouse même il y a de l'agitation;
les habitants ont refusé de payer le tribut ».

C'était après la bataille de Nezib. Méhémet
Aly avait dû évacuer la Syrie sous la pression
des puissances coalisées. Il n'avait plus besoin
de médecins ni d'officiers pour entretenir cette
armée. De là proviennent toutes ces économies
dont ces lettres nous ont conservé les traces.

Les voyages continuels de Méhémet Aly
dans les provinces indiquent son souci de
relever l'agriculture en la mettant en honneur.
Quant aux querelles des Druses et des Maronites,
vous savez qu'elles n'ont pris fin que vers 1860
par l'intervention armée de Napoléon III.

Dans la lettre N° 6 également écrite du
Caire, et datée du 28 mars 1842, il écrit : « L'état
des affaires est toujours le même depuis plusieurs
mois. Le Pacha est constamment à parcourir

les provinces afin de pousser les travaux d'agriculture. Dans ce moment il est dans la Basse-Égypte, où il fait semer considérablement du sésame.

« On vient aussi d'établir une sorte d'octroi sur tous les objets de consommation qui entrent au Caire. De plus, on établit un impôt nouveau qui n'a jamais été jusqu'aujourd'hui mis sur l'Égypte : c'est un impôt proportionnel sur les maisons (¹). On en a mis un autre, mais considérable, sur les esclaves ; tout esclave noir, homme ou femme, qu'on voudra faire entrer au Caire ou en faire sortir, sera imposé de 300 piastres (²) ; tout esclave abyssinienne sera

---

(¹) Cet impôt légal d'un douzième sur la valeur locative des immeubles dans les villes n'était pas appliqué sur les immeubles du Caire et d'Alexandrie, pour les relever de la ruine causée par les révolutions et les guerres qui s'étaient succédées jusqu'après la campagne de Syrie, comme le dit le Dr Perron.

(²) Dans ses mémoires inédits et déposés en manuscrit au British Museum à Londres, Hekekyan Bey parle aussi de cet impôt sous la date du 11 Novembre 1843.

(Traduction du manuscrit anglais) :

« ...Le Vice-Roi a d'abord taxé l'importation pour chaque esclave à 300 piastres. Mais cette taxe n'a pas eu d'effet sur l'importation.... Il est grand temps,

imposée, comme droit d'entrée et de vente, d'une somme de 500 piastres. Par ce moyen le commerce des esclaves, permis et même ordonné pour ainsi dire par la religion musulmane et que le Pacha ne pourrait supprimer sans offenser le bigotisme et la lubricité des pieux musulmans et surtout des Ulémas, se trouve attaqué et blessé profondément. C'est une des hontes de l'Islamisme, et le Pacha veut la faire disparaître s'il est possible. Pour provoquer, par contre, un commerce qui remplace celui-là et qui se fait par les mêmes individus ou peut se faire par les mêmes individus, il vient de laisser libre et sans droit ni impôts ni rien, le commerce et l'importation de l'ivoire et de la gomme.

« Quant à l'armée, le Pacha ni personne ne s'en occupe plus. Elle se réduit chaque jour, et le nombre des réformés est assez considérable (¹).

_____

pense le Pacha, que l'esclavage soit aboli. Les Anglais surveillent et empêchent leur transport par mer entre l'Afrique et l'Arabie. Ménikly Ahmed Pacha, qui part comme gouverneur général du Soudan, est ferme et résolu et ne sera pas influencé par qui que ce soit dans l'accomplissement de son devoir,... »

(¹) A propos de cette indifférence vis-à-vis de l'armée, après la guerre et l'évacuation de la Syrie,

« Ibrahim Pacha est absent d'ici depuis plusieurs mois. Il ne s'occupe absolument que d'agriculture. Abbas Pacha est de même; il parcourt ses propriétés et les fermes du Gouvernement. Méhémet Aly est aussi à faire cultiver; en telle sorte qu'il n'y a personne ici des personnages du Gouvernement. On ne sait pas du reste ce qui se fait entre la Porte et l'Egypte. Cependant il paraît qu'il y a quelques mouvements d'orgueil de la part du Sultan.... Outre cela il envoie 15.000 arnaoutes en Syrie

les vieux officiers de cette armée m'ont raconté qu'à leur retour de Syrie, Méhémet Aly les reçut, au fur et à mesure qu'ils rentraient au Caire, dans son Sélamlik de la Citadelle, assis sur un divan et regardant en dehors de la fenêtre. Son mécontentement se manifestait en ne regardant pas ces officiers passer devant lui. Méhémet Aly, dans ses réceptions, avait coutume d'interpeller ceux qui venaient le saluer, souvent pour leur dire des choses aimables, quelquefois pour les gronder paternellement. Au retour de l'armée de Syrie on ne connait aucun officier ou sous-officier qui ait eu l'honneur d'un mot aimable de la part du Vice-Roi. Il les a tous reçus, comme je l'ai dit, en leur tournant pour ainsi dire le dos et en regardant la campagne par la fenêtre contre laquelle il était assis.

Quant à l'impôt sur les esclaves, l'essai de mettre un terme à leur introduction et à leur vente en Égypte avait fait imaginer cette taxe de 300 piastres à l'importation. J. Bowring (plus tard Sir J. Bowring) en 1839, pour remettre l'ordre. Si l'affaire est ainsi, la Syrie va être une nouvelle fois en révolte. Car les arnaoutes ne sont pas des soldats, ce sont des brigands organisés. Mais ici, sous le rapport de guerre, on est au repos le plus indifférent. »

Dans sa lettre N° 7 datée du Caire, 28 octobre 1842, nous trouvons le passage suivant:

« Vous me demandez des explications sur ce qu'est la Société Egyptienne, dont je suis secrétaire pour la correspondance française. Remarquez d'abord qu'il y a ici au Caire une

---

Napier en 1841, etc., s'étaient beaucoup intéressés à la suppression de l'esclavage et c'est à leur influence que cet essai est dû. Nous avons vu, d'après les mémoires de Hékékyan Bey, le résultat négatif de cette taxe qui avait été créée pour enrayer l'importation des esclaves en Égypte. Voici un passage, sous la date du 8 Février 1841, des mémoires sus-mentionnés où dans une conversation avec le commodore Napier, le grand Vice-Roi donne sa manière de voir dans cette question de l'abolition de l'esclavage.

« ...Dans la soirée Napier est venu; il a parlé avec le Pacha.... et sur l'esclavage. Le Vice-Roi a parlé volontiers sur cette question de la suppression de l'esclavage, il a dit que son fils découragerait encore plus l'esclavage, que son grand fils irait plus loin, que son arrière grand fils encore plus loin et ainsi de suite jusqu'à ce que l'esclavage se trouve aboli sans secousse.... »

autre Société qui s'est appelée "Association littéraire" et qui est un mince démembrement de
notre Société Egyptienne opéré par suite de
brouilleries individuelles entre l'ancien secrétaire général de la Société, M. Abbot (¹) et
l'ancien président, M. Walne (²). Quelques personnes, environ une soixantaine, je crois, se sont
mises dans cette Société, et en ont fait pour ainsi
dire les frais de fondation. Elle se propose de
faire des publications, surtout en hiéroglyphes
et tâche de former une bibliothèque. Quant à
la Société Egyptienne, elle est fondée depuis six
ans (³) et avait pour but, dans son principe,
de rassembler, par le moyen des souscriptions
annuelles des membres (la souscription est de
105 piastres) le plus de livres possible, mais
surtout de livres ayant trait à l'Orient sous
quelque rapport que ce soit, histoire, géographie,
religions, mœurs, etc., etc. Les voyageurs de
tous les pays, présentés par un membre, ou
simplement recevant un billet d'entrée de la
part d'un membre, ont le privilège de jouir

(¹) Un médecin anglais au service du Pacha.
(²) Un autre médecin anglais au service du grand
Pacha.
(³) 1835.

des livres de la bibliothèque dans le local même
où elle est située. Généralement les voyageurs
laissent à la caisse, comme présent, quelques
guinées, de plus que les souscriptions et toute
la collecte sert à faire face aux dépenses de la
Société. Maintenant la Société ayant pris un
certain développement, et par ses membres
résidents et par ses membres étrangers, etc.,
consacrera dorénavant une partie de ses fonds
à l'impression de travaux relatifs à l'Orient.
Dans ce moment, nous avons sous presse un
mémoire qui me paraît très intéressant sur
l'emplacement réel du lac Karoun au Fayoum,
sur ses limites et sa destination primitive dans
les inondations du Nil, etc. Ce travail est de
M. Linant, le président actuel de la Société
Égyptienne. Ce qui retarde la publication de
ce travail est la lithographie d'un essai de carte
jointe au mémoire.

« J'ai communiqué à la Société la partie de
votre lettre dans laquelle vous nous offrez le
secours de la Société Asiatique pour faciliter
la vente des travaux que nous publierons ;
votre offre bienveillante a été acceptée avec
enthousiasme et je suis chargé de vous présenter
les remerciements de la Société et de vous
exprimer toute sa reconnaissance. Il faut en

effet, comme vous le dites dans votre lettre, que toutes les Sociétés qui s'occupent d'études et de travaux sur l'Orient, se coalisent en corps scientifique pour s'entr'aider et neutraliser enfin les taquineries des individus qui ne dépensent d'efforts que pour nuire aux publications des personnes qui ne veulent pas de leur amitié ou de leur protection capricieuse et injuste. Aussi nous vous enverrons pour nous aider à les vendre, toutes les publications que nous ferons dans notre Société. Si j'eusse pu croire qu'il vous fût agréable d'être membre de notre petite Société, je vous en eusse fait la proposition » (1).

Ce passage est curieux parce qu'on y voit en germe l'idée des congrès des Orientalistes

(1) Pour vous donner une idée de ce qu'était le mouvement intellectuel dans la société européenne du Caire vers 1835, je vous rapporterai un passage du livre d'un voyageur anglais C. Rochfort Scott, captain H. P. royal staff corps, intitulé *Rambles in Egypt and Candia*, etc. London 1837, en 2 vol.: (vol. I, page 216: traduction de l'anglais): « Le voyageur, dont la principale affaire est de s'amuser, doit se contenter (au Caire) de s'asseoir en se croisant les jambes sur un divan et à fumer toute la soirée. En fait de livres, excepté les livres courants et d'un usage commun ou ordinaire, qu'on pourrait trouver chez un libraire italien de troisième ordre, aucun livre ne peut être

qui fut reprise plus tard et mise à exécution
longtemps après. Quant à la Société Égyptienne,
elle s'est dissoute, comme vous le savez, d'elle
même, faute d'éléments pour l'entretenir et à
cause des querelles intestines qui se firent jour;
et comme je vous l'ai dit dans une autre cir-
constance, les livres qui composaient sa bibliothèque, sur la décision des derniers membres
vivants, Hékékian Bey, M. Thurborn et M. Cany,
ont été déposés dans la Bibliothèque Khédiviale
en 1873 ou en 1874.

Plus loin, dans la même lettre, je relève le
passage suivant:

« Je vous expédie la note des livres d'origine

---

obtenu quoi qu'on fasse; quant aux journaux, malheu-
reusement on ne les a qu'une fois par mois ».
En note à ce passage du texte qui est assez suggestif,
il écrit en 1837, au moment de la publication de son
livre:
« Dernièrement une association, sous le titre de
La Société Égyptienne, s'est formée, sur l'initiative de
quelques résidents européens, au Caire, qui offrira
de grands avantages aux voyageurs futurs: outre la
ressource d'une bibliothèque de référence, celle d'un
centre de réunion sociale. Le secrétaire Mr. Walne est
un médecin anglais, etc., etc. ».
Feu Hékékyan Bey, qui a été plusieurs fois président de cette société, en parle souvent dans ses
mémoires inédits, déposés en manuscrit au British
Museum à Londres.

arabe, turque et persane qui ont été imprimés
à Boulac; je crois qu'elle est complète. Si vous
le jugez convenable et utile, faites imprimer
cette lettre là au Journal Asiatique. Je vous l'ai
mise à part de celle-ci dans l'espoir que vous
la ferez paraître au Journal. Si elle est insérée,
faites-moi parvenir le numéro où elle sera et
faites m'en tirer quelques exemplaires à part.
Je veux les placer ici. »(¹).

En terminant cette lettre le Dᵉ Perron écrit:

«Quant à nous, en Égypte, l'état des choses
est le même. On n'y comprend plus rien. On
ne nous doit maintenant que vingt-six mois
d'appointements. Et pour comble de désastre,
une épizootie terrible enleva tous les bœufs et

(¹) Catalogue général des livres arabes, persans et
turcs imprimés à Boulac, en Égypte, depuis l'introduction de l'imprimerie dans ce pays (*Journal Asiatique*,
1843, 4ᵐᵉ série, tome II, pages 24 à 30).

Liste des ouvrages turcs, arabes et persans imprimés à Boulac depuis 1238 de l'Hégire (1822) jusqu'à ce
jour (*Idem*, pages 31 à 58).

Liste des ouvrages sur les sciences exactes, litho-
graphiés pendant l'année 1257 (1841-42) à l'École
Égyptienne de Génie (Muhendiskhâné) pour l'usage
des cours ordinaires de cet établissement (*Idem*, p. 59).

Supplément aux ouvrages imprimés depuis 1830
mais dont l'impression est d'une date incertaine (?),
(*Idem*, pages 60 et 61).

vaches; des villages les ont perdus jusqu'au dernier. De plus le Nil est à une hauteur effrayante et ruine les campagnes par la rupture de digues. Nombre de villages ont été envahis par les eaux et renversés. » (¹).

Je crois que c'est là la grande épizootie, la première en date, qui a ravagé la Vallée du Nil. C'est à la suite de cette épizootie qu'Ibrahim Pacha a importé de Hauran, en Syrie, des taureaux et des vaches dont les croisements judicieux faits avec la race bovine de Menoufieh, ont donné la nouvelle race bovine qui dans ma jeunesse était connue sous le nom de *Bahaiem el Bacha.*

Dans sa 8ᵐᵉ lettre, du Caire, 14 mai 1844, le Dʳ Perron parle de faire un tour à Paris à la fin de l'hiver suivant. «Je prendrai, dit-il,

---

(¹) Selon « El Tewfikat El Elhamia » du Lewa Mohammed Moukhtar Pacha, la hauteur la plus grande enregistrée en 1812 au nilomètre de Rodah, était de 23 pics, 14 kirats ou 19 m. 83 cm., ce qui est plus bas de 0,4 cm. de la hauteur maximum de l'année 1909. Si la crue de 1812 a fait tant de ravages dans les campagnes, tout en étant moins forte que celle de l'année courante, comme nous l'avons dit, il faut croire que les digues, à cette époque, étaient moins bien entretenues qu'elles ne le sont de nos jours.

un congé de six mois, ce qui se fait et s'accorde assez facilement. Mais veuillez garder ces choses en confidence; je désire que rien de cela ne s'évente avant le moment où il faudra absolument traiter la question. »

Dans sa 9ᵐᵉ lettre datée du Caire, 14 janvier 1845, il parle de la visite de M. Ampère et surtout de l'impression du dictionnaire arabe de Feyrouziabadi.

« Je crois cette entreprise utile, ajoute-t-il, non seulement aux arabisants européens, mais aussi aux musulmans qui lisent. Produire ce dictionnaire, ce sera peut-être décider à travailler, ou du moins à lire, un bon nombre d'Ulémas. Ces pauvres Ulémas qui n'ont de savant que le nom, sont d'une incommensurable paresse et d'une plus incommensurable ignorance. Leur dévote ignorance les abrutit dans un laisser-aller honteux. Ils ne savent plus même le nom des livres arabes les plus ordinaires. Et avec tout cela, ils croient, cependant, tout savoir ou du moins assez savoir. Nul d'entre eux n'écrit. Qui en Orient est capable de faire des livres! Je me trompe, ils ressassent, répètent, recommentent leur fikh ou droit canon et civil; ils lisent la grammaire; les plus huppés font des

leçons de logique, de ce bagage sophiste qu'a
laissé Aristote, forcé de son temps à fabriquer
des armes de subtilités contre les subtilités des
sophistes; les plus huppés encore, font des
leçons sur l'unité de Dieu, et s'extasient d'avoir
trouvé, après que l'a dit le Coran, que Dieu n'a
pas de femme et partant pas d'enfants. C'est
admirable! En effet, comment avoir un enfant
sans femme!... Et les Ulémas les plus fins, les
plus vervés, font des vers; quels vers! mon
cher Monsieur! Des calembours haryriens,
c'est le ultra modum de tout le dernier nec plus
ultra. Ajoutez encore à cela la passion extrême
des chronogrammes. Un chronogramme! C'est
le sublime de l'art. Et qui n'a pas fait un chronogramme n'est pas un talent, n'a rien fait.

« Et pour le dictionnaire dont nous parlons,
est-ce que par hasard vous croyez que les Ulémas
en ont? Comme vous seriez dans l'erreur! Il
n'y a certainement pas dix Ulémas qui en aient
un au Caire, je dirai même dans toute l'Egypte.
Et, par suite, il n'y a peut-être pas plus de dix
de ces savants qui sachent se servir d'un dictionnaire arabe. Ils n'en savent pas le système
d'ordination des mots. Je vous le jure, c'est à
ne pas le croire.

« Donnons donc un dictionnaire aux Ulémas. »

Quelque sévère que soit cette critique, elle est moins sévère encore que celle de Cheikh Abdel Rahman El Djabarti, plus vieille de cent ans.

Je crois qu'il serait intéressant de rapprocher ces deux critiques.

Voici ce qu'écrit Djabarti :

« Ahmed Pacha gouverna l'Egypte jusqu'au 10 Chawal 1163 (1750) (¹).

«C'était un homme de mérite et de vertu. Il avait du goût pour les sciences mathématiques. A son arrivée au Caire, quand il se fut établi à la Citadelle, il reçut les principaux savants de l'époque, qui étaient alors les Cheikhs Abdallah El-Choubraoui, Cheikh de la Mosquée d'El-Azhar, le Cheikh Salem El-Nafarawi et le Cheikh Soliman El-Mansouri. Il discuta avec eux plusieurs sujets scientifiques, mais comme il vint à leur parler mathématique, ils se turent aussitôt. Ils finirent par avouer qu'ils n'entendaient rien à cette science. Le Pacha s'étonna et garda le silence, mais il en reparla dans la suite à Cheikh

---

(¹) Keur Vizir Ahmed Pacha, ainsi nommé parce qu'il était borgne, avait été Grand Vizir sous Mahmoud I. Il fut le 105ᵉ gouverneur de l'Egypte depuis la conquête, 1161 à 1163 (1748 à 1750).

Abdallah. Voici à quelle occasion. Ce dernier
avait la charge d'Imam de la Mosquée du Palais.
En cette qualité il se rendait tous les vendredis
au Palais. Il entrait chez le Pacha avec lequel
il s'entretenait une heure environ, il mangeait
quelquefois avec lui et se rendait ensuite à la
mosquée. Le Pacha y venait quelques instants
après avec la suite. L'imam récitait alors la
prière, faisait des vœux pour le Sultan et le
Pacha, et la prière terminée, le Pacha rentrait
dans ses appartements et le Cheikh regagnait
sa maison. Or il arriva un vendredi que le Pacha,
dans le cours de la conversation, dit à Cheikh
Abdallah : — On répète sans cesse chez nous,
que l'Egypte est la source du mérite, des vertus
et des sciences. En ce qui me concerne j'avais
un désir extrème d'y venir, mais maintenant
que j'y suis je m'aperçois qu'il y a lieu d'appliquer le proverbe qui dit : Il vaut mieux entendre
parler d'El Moyedi que de le voir.

— « Oui, Seigneur, répondit Cheikh Abdallah,
l'Egypte est bien ce que vous entendez dire,
elle est la mine des sciences et des connaissances.

— « Mais où sont donc ces sciences et ces connaissances ? dit le Pacha. Je me suis entretenu
avec vous et avec les plus grands savants de ce
pays et j'ai vu que vous les ignoriez toutes, à

l'exception du droit, de la métaphysique et des autres sciences moins importantes. Vous avez dédaigné les sciences utiles.

—« Nous ne sommes pas les principaux savants de l'Egypte, mais nous veillons aux besoins de nos collègues et nous leur servons d'intermédiaires auprès des Wali et de ceux qui sont à la tête des affaires. La plupart de ceux qui étudient à la Mosquée d'El Azhar n'apprennent en fait de sciences mathématiques, que ce qui est indispensable pour le règlement des successions, telle que l'arithmétique.

—« Et l'astronomie, dit le Pacha, c'est une des sciences qui touche au droit. Elle est indispensable pour que les devoirs religieux soient accomplis sans erreur aucune. Elle indique l'heure réelle de la prière, elle permet d'établir la vraie direction du soleil, de connaître les époques du jeûne et beaucoup d'autres choses.

—« Oui, dit le Cheikh Abdallah, mais pour quelques-uns qui les connaissent, beaucoup d'autres ignorent toutes ces choses. Ces sciences nécessitent d'ailleurs, des instruments, des conditions, des aptitudes spéciales, des connaissances techniques, des dispositions physiologiques, un caractère doux et paisible, une belle écriture et elles exigent un esprit inventif. Or les étudiants de la Mosquée d'El-Azhar sont en grande partie pauvres. C'est un ramassis de gens de toutes les contrées et ils sont rares ceux d'entre eux qui ont appris de pareilles sciences.

— « Et où sont-ils ces individus rares ?

— « Ils sont chez eux, dit le Cheikh, c'est là que le monde va les consulter.

« Il parla ensuite au Pacha de mon père et il lui en fit un beau portrait et il exagéra son éloge. Le Pacha pria alors le Cheikh Abdallah de le lui envoyer.

— « Seigneur, répondit-il, celui-ci est un très grand personnage et il n'est pas placé sous mes ordres.

— « Comment faire? dit le Pacha.

— « Ecrivez-lui deux mots et faites-les lui parvenir par une des personnes de votre suite.

« Le Pacha agit dans le sens indiqué par Cheikh Abdallah et mon père se rendit auprès de lui » (¹).

Après cela Djabarti raconte comme quoi son père et le Pacha se livrèrent aux études du cadran

---

(¹) *Chroniques du Cheikh Abdel Rahman El-Djabarti* (en arabe), Imprimerie Nationale, Boulaq, 1190 H. - Vol. I, pages 186-188. Traduction en français, même Imprimerie, 1889 J.-C., tome II, pages 110-114.

solaire sur l'un desquels Djabarti écrivit des
vers avec un chronogramme. Un de ces cadrans
solaires fut monté dans la cour de la Mosquée
d'El-Azhar, à gauche de l'entrée, un autre fut
placé sur la Mosquée de l'Imam Chaféi, enfin
un troisième fut placé au tombeau des Sadat.
Il finit son article par ces mots :

« De son côté Cheikh Abdallah El-Choubraoui,
après sa conversation avec le Pacha, ne man-
quait jamais, chaque fois qu'il rencontrait mon
père, de lui dire : « Que Dieu cache vos défauts
comme vous avez caché les nôtres au Pacha.
Sans vous, nous serions passés à ses yeux pour
des ânes. Que Dieu soit miséricordieux à nous
tous ».

Ces deux critiques sur l'état de l'avance-
ment des sciences en Egypte sont utiles à connaître, pour mesurer le chemin parcouru depuis
le milieu du siècle dernier et de l'avant-dernier
siècle jusqu'à nos jours.

Dans sa 12me lettre écrite aussi du Caire à la
date du 12 juillet 1845, le Dr Perron parle encore
du Dictionnaire de Feirouziabadi qu'il ne peut
faire imprimer sans une autorisation expresse
du Pacha, vu le décret de Méhémet Aly du

13 juillet 1823 (¹) interdisant de faire publier un livre dans l'Imprimerie de Boulac à moins d'une permission du Pacha.

Son passage à l'École de Médecine porte déjà ses fruits par la traduction en arabe de

---

(¹) *Bulletin de l'Institut Egyptien*, 5ᵉ série, tome II, fasc. 1, page 208, «Histoire de l'Imprimerie en Égypte» par ALBERT GEISS.

M. D. Colucci me fait observer que dans le Dictionnaire Encyclopédique Trousset, sous le titre «Imprimerie» on trouve les indications suivantes :

L'ordonnance de Moulins (1566) réservait au roi la délivrance des lettres de privilège pour l'impression des ouvrages.

Le décret du 17 mars 1791 donna la liberté à l'imprimerie, mais des restrictions y furent apportées par la loi du 28 Germinal an IV et surtout par le décret du 5 février 1810, etc., etc.

Le décret du 10 septembre 1870 a rendu libres les professions d'imprimeur et de libraire, mais ceux qui voulaient les exercer étaient encore assujettis à adresser préalablement une déclaration au Ministre de l'Intérieur.

La loi du 19 juillet 1881 abroge formellement toutes les lois antérieures concernant l'imprimerie et la librairie, dispense les imprimeurs de toutes déclarations et n'exige d'eux que l'accomplissement de certaines formalités.

Le décret de 1823 me paraît donc avoir été publié sous l'influence des lois régissant la matière en France à cette époque.

deux volumes de Chimie qu'il envoie en don à différentes Sociétés savantes en France et il promet de bientôt envoyer le 3ᵐᵉ volume.

Enfin, il finit sa lettre en annonçant à M. J. Mohl l'arrivée au Caire du duc de Montpensier où il a été reçu, dit-il, avec les plus grands honneurs. Il annonce également que le 13 juillet 1845 le prince partait pour la Haute-Egypte où il allait visiter la Thébaïde et peut-être monterait-il plus loin.

Il n'y a guère que cinquante ans de cette époque et les princes eux-mêmes étaient moins douillets que nous ne le sommes maintenant, puisqu'ils entreprenaient le voyage de la Haute-Egypte en plein été. Il est vrai, aussi, qu'il l'entreprenait à l'époque où le Nil commence à monter et où il y a le plus d'eau dans le fleuve.

La onzième lettre, du 5 octobre 1845, commence ainsi :

« Je vous envoie sous ce pli le résumé de la séance annuelle de la Société Égyptienne, c'est-à-dire le rapport que j'ai lu à cette séance et une communication faite par M. Abeken, un des membres de la Commission Prussienne, qui, sous la direction de M. Lepsius, fait des recherches sur les monuments et ruines de l'ancienne Égypte. Cette communication a été donnée en anglais. »

Vous connaissez le travail énorme qu'a produit cette commission pendant son séjour de plusieurs années en Egypte, sous la direction de Lepsius, et certainement vous tous, vous avez dû remarquer les magnifiques hiéroglyphes surmontant l'entrée de la grande Pyramide en l'honneur du roi de Prusse, gravés par cette commission, en mémoire de son passage en Egypte, comme l'expédition de Desaix avait gravé en français dans le portique de Philæ le souvenir de son passage en Egypte.

Sa douzième lettre est datée de Paris, 25 juillet 1853, où il est très occupé de son retour en Egypte.

Sa 13ᵐᵉ lettre est datée d'Alexandrie, le 19 janvier 1854. Il y mentionne qu'on a terminé à l'Imprimerie de Boulac l'impression de l'Histoire et description de l'Egypte par Makrizi, et il ajoute : « Cet ouvrage, d'une haute importance comme vous le savez, est réuni en deux forts volumes. Il va être mis en vente d'ici à une quinzaine de jours.... » Il dit encore que « le prix de cet ouvrage sera de 70 à 75 francs. Le prix d'un manuscrit, d'une écriture très commune et même très chargé de fautes, vaut encore de deux cents à trois cents francs».

Les presses de Boulac avaient publié, l'année précédente (1853), le Kastellani, commentaire des Hadith du Prophète.

Ces deux ouvrages, publiés à peu près en même temps, ont eu des fortunes bien différentes, dues sans doute à l'état de culture intellectuel des Égyptiens et à leur mentalité. Le Makrizi est encore, si je ne me trompe, à sa première édition, tandis que le Kastellani a eu, depuis cette époque, une dizaine d'éditions.

Dans cette lettre M. Perron parle du jeune orientaliste Alfred de Kremer que plusieurs de vous ont connu ici à un âge mûr, comme ministre plénipotentiaire et directeur de la Caisse de la Dette Publique pour l'Autriche.

Dès cette époque le Dr Perron ne faisait plus partie de l'école de médecine; il était alors attaché comme médecin sanitaire à Alexandrie.

La quatorzième et dernière lettre ne parle que de ses travaux littéraires.

J'espère que ces quelques pages vous ont

intéressé. Quant aux lettres manuscrites du Dr Perron, je crois être l'interprète des sentiments de M. O. de Mohl qui désirerait que l'Institut Egyptien les fasse parvenir à l'Institut de France, pour qu'elles soient conservées dans les archives de l'Institut avec les papiers de J. Mohl. Je les dépose donc sur le bureau de l'Institut ainsi que deux copies dactylographiées de ces lettres originales.

YACOUB ARTIN PACHA

LES LETTRES

DU

Docteur PERRON

LETTRES DU DR PERRON

I.

Alexandrie, 10 Août 1838.

Mon cher Monsieur Mohl,

Nous venons de recevoir vos dernières lettres à Alexandrie, Fresnel et moi. Nous sommes descendus ensemble du Caire, lui pour aller à Malte chercher son esclave qu'il avait conduite avec lui en France, moi pour changer d'air et chercher à me rétablir; car depuis deux mois, je suis malade de dysenterie et je ne puis finir de me guérir. Je suis impatienté de cet état de maladie qui me fait perdre totalement mon temps... Actuellement je commence à être mieux et dans une quinzaine au plus tard, je compte être au Caire et rendu à mes études favorites.

Fresnel emporte une partie de ma traduction des Ansâb à Malte et vous la fera parvenir de là pour la remettre à M. Duprat à qui j'écris à ce sujet. J'expédierai ensuite la préface que je dois ajouter à cette traduction, et la table nominative par ordre alphabétique qu'il me semble utile d'y joindre pour pouvoir facilement trouver les généalogies des noms cités dans le livre. Fresnel ne restera que peu de jours à Malte; il pense être assez promptement revenu au Caire et à son retour il se propose de repartir pour l'Arabie, reprendre ses intéressantes investigations.

J'ai reçu de M. Dujardin l'ouvrage arabe que vous m'avez fait l'amitié de m'envoyer; j'ai, pour cela, beaucoup à vous remercier. J'ai reçu aussi le diplôme de membre de la Société Asiatique. J'ai donc encore là à vous remercier.

J'ai projet, à mon retour au Caire, de vous adresser ce que j'ai trouvé dans l'Aghanyy sur l'invasion éthiopienne dans l'Yaman; il y a des détails qui ne sont, je crois, relatés dans aucun ouvrage européen; quelques vers, à propos desquels l'auteur rapporte ces faits historiques, amènent une relation d'une guerre des Perses contre les Arabes; ces faits, je pense, pourront vous intéresser spécialement, vous, Monsieur, qui fouillez l'antiquité et les annales persanes.

Vous verrez, dans cette relation, la mention

de Hawzah fils d'Aliyy,et surnommé Ssahhib-el-Tâdj ; et de plus, dans l'expédition yamani-que, le départ des secours armés accordés par le Kisra à Sâyf, fils de Zoù-Yazan, pour l'expul-sion des Éthiopiens du sol arabique. Sâyf rendu au trône de ses pères, après la victoire, reçoit les félicitations des tribus arabes et Abd-el-Mouttalib va le féliciter aussi et lui adresse un discours en forme véritablement académique. C'est la seule allocution arabe que je connaisse, qui soit tissue selon les règles grecques, avec exorde, exposition et conclusion.... Je ne vous donne pas ici plus de détails, vous jugerez mieux de la chose, par la lecture de la relation elle-même. Je pense que cet exposé, fait d'ailleurs avec une couleur assez dramatique, intéressera les lecteurs du Journal Asiatique.

Quant à ma traduction des Ansâb, je pen-sais à en retirer quelque avantage pour l'avenir en la dédiant à quelque nom influent dans notre société parisienne. Je pensais l'offrir à notre illustre Khalife, mais la mort vient de nous l'enlever; pourrais-je la dédier au Duc d'Orléans, ou à tout autre, et par votre aide bienveillante, pourrais-je trouver quelque uti-lité à prendre cette voie. Indiquez-moi ce que vous jugerez de meilleur et de plus honorable à faire; car je suis pauvre, sans autre fortune que mon encre... Votre pureté de principes et d'amitié, me donne en vous un conseiller et, j'ose le dire sans hésiter, un ami sincère. Je me confie entièrement à vous, homme de science, et homme de cœur et d'âme... J'allais vous faire un compliment à brûle-pourpoint, mais je m'arrête; car en ce fait, je suis de merveilleuse maladresse.

Une autre histoire. J'ai adressé, il y a seulement trois ans, à l'Académie des Sciences, un mémoire assez long sur la peste d'Egypte. Je n'ai pas eu de nouvelles directes de ce travail que je désirais présenter au prix Monthyon, ou au moins à un encouragement de la nature de ceux que l'Académie accorde aux travaux qu'elle juge dignes de son attention et de son approbation. Monsieur le Docteur Chervin (Rue Villedot Nº 5) m'a répondu personnellement sur ce travail et partage entièrement mes vues sur cette terrible endémie d'Egypte. Monsieur Raffard, dont vous avez reçu mon abonnement à la Société Asiatique, m'a dit vous avoir parlé de mon mémoire, et m'a ajouté que vous aviez témoigné intérêt pour les conclusions que je désire. Seriez-vous assez bon pour voir ce qu'est devenu ce travail et en soutenir le succès? M. le Docteur Chervin se fera un plaisir d'en causer avec vous; c'est lui qui est chargé de faire le rapport à l'Académie. Je lui écris encore à cet égard. Dites lui bien qu'il n'a plus de travaux à attendre d'Egypte à ce sujet; car M. Clot-Bey, qui élabore depuis trois ans un volume ex-professo sur cette matière, n'aura pas fini son accouchement de longtemps encore.

Pour les exemplaires, que je vous ai prié, ainsi que Monsieur Caussin, de me tirer à part, de la lettre sur Ohhayhhah que j'ai adressée au Journal, veuillez en faire remettre dix à M. Raffard auquel j'en indique la distribution; envoyez moi le reste avec les N⁰ˢ du Journal.

Je ne puis vous envoyer à présent les renseignements que vous me demandez sur l'instruction en Egypte; à mon retour au Caire je m'en occuperai; car j'ai besoin de notre Schaykh Mohammad Ayyad pour les notions à avoir sur l'instruction donnée dans les Mosquées, la direction de cette instruction et les utilités présumées que l'avenir peut en recueillir.

J'ai lu dans un des numéros du Journal qu'il y a projet de publier des extraits des poètes antéislamiques. Veuillez faire annoncer dans le journal que je fais des recherches sur les poètes

qui ont vécu avant Mahomet et que je traduis,
pour en faire un corps d'ouvrage dans la forme
des vies de Plutarque ou à peu près, leurs
Akhbàrs consignés dans l'Aghaniyy; je les
traduis textuellement, avec les vers qu'il cite
et les circonstances qui composent l'historique
de ces différents poètes. Je les accompagnerai
d'éclaircissements nécessaires pour la détermi-
nation des époques d'existence de chacun; en
telle sorte qu'il en résultera une histoire et des
poètes et des genres de poésie avant l'Islamisme. Il serait même bon de donner aussi le
texte arabe; cette suite d'extraits constituerait
un ouvrage utile pour la littérature; j'espère
demander au Gouvernement Français de faire
faire à l'Imprimerie Royale de Paris, les frais
de cette impression. Cette œuvre formerait
réellement, ce me semble, une époque dans
notre littérature européenne qui trouvera certainement à profiter des couleurs répandues
dans ces poésies arabes. Il y a là une vie, des
mœurs, des pensées, des traits, des caractères
spéciaux; le ciel chaud de ces poètes, leurs
sablonneux et jaunâtres déserts, leurs tentes
en poils de chameaux, leurs eaux, leurs vallées,
leurs amours, leurs coups de sabres et de
lances, leurs pillages, leurs ruses, etc. Tout a

des pensées, des nuances natives, étranges, et cependant tout cela reste le plus souvent dans les choses de la vie ordinaire, simple, des hommes des déserts.

M. Dujardin a été très gravement malade... Quand nous sommes partis du Caire il était déjà mieux, et nous venons d'avoir de ses nouvelles qui nous annoncent qu'il est maintenant en assez bon état de santé.

Veuillez avoir la bonté de faire remettre en main propre le paquet de lettres adressé à M. Raffard; je crois qu'il ne demeure plus Rue J. J. Rousseau N° 1. Mettez à la poste les autres lettres; il n'y a pas d'inconvénient.

Agréez, mon cher Monsieur Mohl, mes bien sincères amitiés.

PERRON

Nota. — M. Caussin vous communiquera les observations que je lui écris. Je n'ai pas eu place ici.

II.

Caire, 21 Mars 1839.

Mon cher Monsieur Mohl,

Je vous fais tenir par M. Thibaudier, notre ami commun à Fresnel et à moi, l'introduction historique et critique du Kitab al Yatiymah, ou Ansâb d'Ibn Abd-Rabbouh. Elle est beaucoup plus longue que je ne l'avais présumé d'abord, et pourra je pense fournir presque un volume en y joignant les dix ou douze pages qui formeront la table. Du reste M. Duprat verra ce qui sera le mieux. Le deuxième volume, s'il y a lieu d'en faire deux, sera grossi encore par une table alphabétique des noms propres des deux volumes. J'ai cru nécessaire d'établir cette table pour faciliter la recherche des noms dont on a besoin; cette disposition ajoutera encore quarante à cinquante pages.

Ensuite je dresse un tableau général de toutes les tribus indiquées dans les Ansâb, de manière à présenter et leurs filiations et les synchronismes de ces noms. J'enverrai ce tableau dans une quinzaine avec la table du livre. Ce tableau je désire qu'il soit tiré à part et soit vendu à part.

Je vous écrirai une autre fois en vous mandant ces derniers papiers. Je me hâte de finir car je reçois ce soir 21 mars l'annonce du départ de M. Thibaudier pour demain.

Fresnel part dans quelques jours pour Djeddah. Il se porte bien et Madame Fresnel aussi.

J'ai reçu il y a quelques jours seulement la lettre de M. Caussin. Je lui répondrai sous peu. Dites-lui en attendant que je m'occuperai de suite de lui recueillir l'analyse qu'il m'a demandée; je me tiens pour très honoré de la confiance et de l'amitié d'un savant tel que lui. Quant à l'annonce de l'ouvrage que je prépare sur les poètes antéislamiques, je crois que vous pouvez la faire. Mon ouvrage a une autre destination, ce me semble, et une autre nature que celui de M. Caussin qui ne fait qu'un résumé du contenu de l'Aghaniyy. Moi je ne prends que les poètes antéislamiques, je traduis leurs Akhbars en entier et je discute pour chacun son époque chronologique, à la forme que j'ai donnée à la chronique d'Obhayhhah. Si vous pensez ainsi que M. Caussin que l'ouvrage diffère, faites de suite l'annonce. Mais ne faites pas celle du tableau général dont je vous ai parlé tout à l'heure; je désire qu'il ne paraisse qu'après la traduction et le travail tout entier sur les Ansâb.

Nous n'avons pas toujours reçu de journaux, ni les exemplaires à part (25 exemplaires) dont me parle M. Caussin. Veuillez dire à M. Caussin d'en remettre un à l'Académie des sciences et de provoquer un examen et un rapport, si cela se peut.

Agréez, Monsieur, mes bien sincères amitiés et ma reconnaissance.

PERRON.

Nota. — Veuillez, si vous trouvez quelque rectification ou rature à faire dans mon Introduction, surtout à la fin, veuillez les faire. Vous connaissez mieux que moi, éloigné, l'état actuel des esprits, et les exigences des convenances.

III.

Kaire, 26 Septembre 1839.

A Monsieur Mohl,
Trésorier de la Société Asiatique,
à Paris.

Monsieur,

Je vous envoie deux liasses de papier; l'une est une lettre que je me fais un plaisir de vous adresser et contenant un récit chevaleresque relatif à Rabiyah fils de Moukaddam, plus la vie d'Antarah d'après Aghaniyy; l'autre est une seconde lettre que j'adresse à mon cher professeur Monsieur Caussin de Perceval et renfermant l'histoire du poète Al-Moutalammis et ce que l'Aghaniyy raconte sur Tarafah son ami et son parent. Vous y verrez aussi d'autres anecdotes épisodiques. Je n'ai pas besoin de vous en entretenir ici. Dans cet envoi j'ai un double but; celui de répondre à une demande que me fit l'honneur de m'envoyer Monsieur Caussin et par laquelle il m'annonce qu'il lui est nécessaire d'avoir ces différents Khabar, pour l'ouvrage qu'il prépare sur l'Aghaniyy, l'autre de vous témoigner à vous, Monsieur,

toute ma reconnaissance pour l'intérêt et le
souci que vous mettez aux petites productions
que je vous ai transmises. Je serais bien aise
que ces deux lettres, ou, si vous voulez ces
deux sortes de mémoires, méritassent d'être
insérés dans le Journal Asiatique.

Mais relativement surtout à la lettre que
je vous adresse en votre nom, et qui a une
forme un peu différente de celle que je
mande à M. Caussin, j'ai un petit service à vous
demander. Le voici: vous serait-il agréable de
faire communiquer ce petit travail à M. J.J.
Ampère qui, au Collège de France, je crois,
a remplacé un temps M. M. Villemain et M.
Fauriel et qui a écrit dans la Revue des deux
mondes, nombre d'intéressants articles, surtout
un sur la chevalerie et où il parle de Fresnel
et de vous. Je voudrais savoir si des articles
de la forme à peu près et couleur de la lettre
que je vous adresse, pourraient être insérés
aussi dans la Revue des deux mondes, et je
désirerais vivement aussi être en rapport à cet
égard, et sous le rapport de mes travaux sur
les poètes arabes, avec Monsieur Ampère. Les
deux volumes qu'il a publiés comme résultat
de son voyage en Scandinavie me font croire
qu'il goûterait ces travaux et les apprécierait,

verrait ce qu'ils peuvent offrir d'intérêt, et quelle forme d'exécution on pourrait appliquer à une publication de cette nature. J'ai grand besoin aussi que vous me conseilliez à ce sujet; je ne puis pas trop recueillir de lumières et d'avis, et je compte sur votre bienveillance. Car, ici, nous sommes loin de vous, et il nous est difficile d'être bien à la température littéraire et philosophique de l'époque, en France et en Europe. Et puis, Fresnel a reçu des lettres désespérantes par rapport à l'utilité ou l'intérêt que peuvent avoir actuellement nos recherches et nos études ici, et les publications que nous pouvons faire de leurs résultats. Toutefois je persiste à faire imprimer les Ansâb que j'ai eu l'honneur de vous prier de remettre à M. Duprat.

Qu'est donc devenu ce pauvre livre? S'imprime-t-il? et surtout avec les moyens dont vous me parliez dans votre dernière lettre, c'est-à-dire avec le secours des caractères particuliers que s'est fait préparer l'auteur de la traduction d'Ibn Khaldoun. J'ai beaucoup à vous remercier de l'attention et de la peine que vous vous donnez pour cette impression; veuillez aussi remercier de sa bienveillance M. Arri, en mon nom.

Au sujet de notre impression, voici un expédient qui peut-être pourrait être employé si (ce que je ne désire pas) vous n'avez pas encore commencé à mettre sous presse. Plusieurs lettres telles que l'*à* avec accent grave pour représenter le ع, l'*â* avec accent circonflexe existent dans les caractères d'imprimerie; de même l'accent grave entre deux lettres espacées, peut, je crois, s'imprimer sans faire fondre de caractères nouveaux. Il ne manque donc guère pour la confection de l'impression du livre des Ansâb, à la manière que je le désire, que les lettres surmontées d'un ^, d'un -, ou de ··, ou d'un ′ comme pour l'*â* par exemple. Eh bien on pourrait rejeter du courant du livre toutes ces représentations scripturales qui ne se trouvent pas dans l'imprimerie et pour suppléer à cette suppression (affaire d'économie) je construirais une petite liste des noms où seraient ces lettres accentuées d'une manière insolite, mais nécessaires cependant pour bien rappeler l'orthographe primitive arabe. Et cette liste serait lithographiée en nombre égal au nombre du tirage du livre. Les autres assemblages de lettres tels que ck, th, sch, etc. seraient, bien entendu, laissés dans le corps des mots tout le long du livre.

A propos de livres, que sont donc deve-
nus ceux que j'ai demandés à M. Duprat et
dont la liste et le prix furent remis par Botta?
Je n'en ai pas de nouvelles, pas plus que du
journal asiatique. A qui les auriez-vous adres-
sés à Alexandrie? Il y a environ huit à neuf
mois que la note est partie avec Botta. Veuillez me dire quelques mots sur tous ces points.

Quant aux deux lettres que j'ai l'honneur
de vous adresser pour les insérer au journal,
je serais bien aise qu'on voulut permettre de
m'en faire tirer à part quelques exemplaires
pour moi et dont vous auriez la bonté de me
faire parvenir quelques-uns, après en avoir
fait distribuer, s'il se peut, aux personnes qui
s'intéressent à moi.

Fresnel est parti, je crois, de Suez pour
Djeddah, maintenant. Sa nomination d'agent
consulaire est arrivée ici le deuxième jour
après son départ du Kaire pour retourner à
Suez. Il n'a fait parmi nous, cette fois, qu'une
apparition de quelques jours. J'ai reçu depuis
peu de ses nouvelles; il m'a dit vous avoir écrit.

Pour moi je viens d'être porté à la Direction de l'École de médecine. Et, chose singulière, les connaissances que j'ai acquises dans
la langue arabe, correspondant au besoin de

l'organisation actuelle de l'École, le Pacha a
approuvé de suite ma promotion. Tous les
cours désormais vont être faits sans l'intermédiaire de traducteurs; les élèves qui sortis
d'Abouzàbel sont allés terminer leurs études
à Paris, sont élevés au titre de professeurs et
nécessairement, pour exercer un contrôle indispensable et une surveillance constante sur le
travail de l'École, il fallait un Directeur sachant
la langue du pays par principes et encore la
langue littérale. Ce nouvel état m'apporte quelque amélioration matérielle c'est-à-dire financière, mais ici tout est tellement précaire et
tellement exposé aux caprices et des événements et des hommes mêmes, que, si je savais rencontrer immédiatement en France la
moitié de ce que je recueille ici, je partirais
de suite. Ceci me rappelle que dans sa dernière lettre, Fresnel m'a dit que, sans m'en
prévenir, il vous avait déjà parlé de ne pas
laisser passer la première occasion qui se pré-
senterait de me pouvoir placer en France. Je
vous renouvelle cette même prière en mon
nom propre, et si par hasard la place de professeur d'arabe à Marseille ou autre lieu, se
trouvait jamais disponible, songez à moi. Je
sais que je vous demande là un immense ser-

vice, mais je n'hésite pas le moins du monde
à vous le demander, car, de même que Fresnel,
je ne doute pas un moment de votre bienveillance. Et puis encore, si je ne craignais de
paraître vaniteux, comme déjà les lignes précé-
dentes sembleraient m'en accuser, je vous
rappellerais que dans cette chaire de Marseille,
il faut un parleur, un praticien, et que six ans
de séjour en Égypte et la nouvelle fonction
qui m'est dévolue ici, peuvent offrir des garan-
ties suffisantes. Je voudrais ne plus rester ici
que peu d'années, si cela est possible.

J'ai à vous communiquer un projet, veuillez me dire ce que vous en pensez. J'ai envie
de faire imprimer ici à Boulac le texte arabe
des Akhbâr des poètes antéislamiques que
contient l'Aghâniyy. Cette publication, dont je
parle aussi à M. Caussin, aurait-elle quelque
succès? S'en vendrait-il en Europe? Cela formerait une collection de deux fois l'étendue du
volume de physique que j'ai eu l'honneur de
vous envoyer, et le prix en serait de 15 à 20
francs au plus. Ce serait l'original des Akhbâr
que je traduis comme histoire des poètes. Si
je faisais aussi imprimer ici le Ckâmoûs de
Fayrouzâbâdiy, y aurait-il chance d'en placer
un certain nombre d'exemplaires en Europe.

Ce Dictionnaire ne se vendrait pas plus de 50 francs.

Cette lettre est commencée depuis plus de quinze jours et mes travaux, vu les examens de l'École de médecine qui viennent d'avoir lieu etc., ne m'ont pas permis de la cacheter et de terminer les autres lettres que je prends la liberté de vous transmettre sous ce pli. Et voilà que pendant ce temps m'arrive votre lettre du 18 septembre.

Je n'ai jamais pensé que M. Duprat se chargerait à ses frais de l'impression des Ansâb, et si je me rappelle bien une des lettres que je lui ai écrites, je m'en remettais entièrement à lui pour les dépenses et leur évaluation. Je ne vois qu'un inconvénient à présent pour entreprendre la publication que je désire faire (mais le plus économiquement possible, sans cependant négliger ce que peut demander l'apparence d'un livre), c'est que nous sommes rarement payés et on nous doit actuellement un an d'appointements. Si M. Duprat a assez de confiance en moi, je le prie de se mettre de suite à l'impression, lui promettant de le solder par portions toutes les fois qu'on nous payera; les affaires du Pacha s'arrangeant, je ne crois pas que le gouvernement restera désormais aussi arriéré dans ce qu'il doit à ses employés. Et puis, je viens d'être augmenté; j'avais trois bourses, le Pacha m'en a accordé cinq par mois.

Je vous disais tout à l'heure que je ferais une liste, pour la lithographier, des noms que les lettres présentes aux imprimeries ne peuvent représenter; je vous envoie cette liste. D'après cela vous retrancherez du livre tout le tableau synoptique des formes scripturales etc. jusqu'à la première partie, et le remplacerez par la feuille que je vous adresse et qui porte le même tableau modifié, et ayant la série des noms qui n'auront pas besoin alors d'être imprimés dans le courant du livre selon l'orthographe que j'adopte. Cette série servira de point de repère pour les arabisants et laissera ainsi l'impression libre et débarrassée des représentations orthographiques qui ne se trouvent pas d'ordinaire dans les imprimeries. Tout ce tableau sera donc lithographié, soit que M. Duprat imprime, soit que ce soit l'imprimerie Royale. Car suivant votre excellent conseil je vous envoie une lettre pour M. Lebrun. Vous diriez alors à M. Duprat d'attendre sa décision; et si je suis refusé, M. Duprat ferait imprimer. Dites aussi à M. Caussin de vous aider auprès de M. Lebrun et de la commission qui sera nommée à ce sujet; nous verrions à trouver une autre voie, plus tard, pour l'impression du voyage au Soudan. Du reste, quant à ce que vous me dites de ce que pourrait exiger l'imprimerie Royale pour l'orthographe des noms propres, laissez la faire ce qu'elle voudra. Je saurai m'arranger ensuite, si même elle ne voulait pas laisser lithographier (à mes frais, s'entend) la liste que je vous clos ici. Si elle veut agir à sa guise, ne mettez pas la liste et retranchez de mon introduction tout le tableau synoptique, c'est-à-dire ne laissez rien de ce qui a trait à la manière d'orthographier. Si M. Duprat imprime, ôtez l'ancien tableau et mettez à sa place celui que je vous expédie ici. J'ai quelques additions à faire au texte des Ansâb, non à la préface ou introduction. Je vous les ferai tenir sous peu. N'oubliez pas les corrections que je vous ai indiquées dans mes lettres il y a quelque temps.

Agréez, Monsieur, mes sincères amitiés.

PERRON.

Veuillez faire mettre à la poste la lettre pour M. Scribe, et faire remettre en main celle de M. Raffard.

IV.

Kaire, le 9 Janvier 1840.

Mon cher Monsieur Mohl,

Je vous adresse un pli pour remettre à M. le Docteur Chervin. Si M. Chervin était parti pour l'Amérique, veuillez ouvrir le pli, et en faire parvenir le contenu à destination. Il y a une lettre pour M. Chervin lui-même dont vous prendriez connaissance afin de consigner une autre lettre à l'Académie de Médecine, puis une lettre avec un petit mémoire à l'Académie des Sciences. Ce mémoire est un appendice complémentaire ou plutôt explicatif du travail que j'ai envoyé il y a quatre ans. Je demandai alors et je demande encore aujourd'hui d'être admis au concours pour le prix Monthyon; cette année je me présente pour celui de 1840. M. Chervin qui, comme vous le savez, prend un si grand intérêt à ce qui me touche, m'a conseillé de revenir à la charge.

Veuillez aussi, Monsieur, m'aider dans cette affaire; il y a pour moi, dans son succès, une solution d'une haute importance.

J'attends impatiemment de vos lettres et de celles de M. Caussin. M. Raffard aussi nous oublie; Botta arrive-t-il? M'apporte-t-il les livres pour lesquels il a remis l'argent à M. Duprat? M'envoyez-vous les Journaux Asiatiques. J'ai au moins un an en retard.

Je n'ai pas reçu de nouvelles de Fresnel depuis assez longtemps. M. Dabadie est parti depuis plus d'un mois; il doit être à Djeddah.

Le Schaykh al-Islàm vient de mourir; il est déjà remplacé. Son successeur est le Schaykh al-Waim, un pauvre sire en fait d'instruction, mais riche en fait d'argent. Notre Schaykh Mohhammad Ayyàd a fait un Ckassiydah à cette occasion. Il y en a eu une foule d'autres; mais le sien qui me semble le meilleur n'a pas pu être lu au nouveau Seigneur. J'enverrai au journal quelque chose à propos des circonstances qui signalent le changement de Schaykh al-Islàm, et quelques vers faits à ce sujet.

Rappelez moi au souvenir de M. Caussin, et recommandez lui de m'écrire.

Agréez, Monsieur, mes sincères amitiés.

PERRON

V.

Kaire, 28 Décembre 1841.

Il y a bien longtemps, Monsieur, que je n'ai pas reçu de vos nouvelles. Qu'est-il résulté de vos démarches pour mon travail des Généalogies? Décidément si, au reçu de cette lettre, rien n'est terminé, veuillez me renvoyer mon manuscrit, à moins toutefois que vous ne pensiez qu'il soit possible d'obtenir quelque chose de l'imprimerie royale, au mois de janvier qui arrive. Mon manuscrit une fois revenu ici, je le ferai imprimer par la Société Egyptienne du Caire; je crois qu'il sera accepté sans difficulté. Et d'ailleurs je désire le revoir et le retoucher. Ainsi j'attends ce travail vers la fin de janvier 1842 ou au commencement de février. Je vous le répète, j'ai moyen de le faire paraître. Si cependant vous pensez que quelques parties des généalogies proprement dites, puissent plaire au Journal Asiatique, dites le moi; j'en transcrirais plus tard quelque chose, les parties que vous désireriez, pour les insérer à votre journal. Mais dans tous les cas possibles, veuillez-me faire parvenir cet ouvrage en entier.

Fresnel vient de me communiquer un passage du rapport que vous avez fait sur les travaux de la Société, en juillet dernier. Ce passage a trait à la publication de la première livraison de l'Aghàny, par M. Kosegarten. Veuillez être assez bon pour me dire le prix de cette livraison et si vous le pouvez, veuillez me l'envoyer, en me disant à qui je pourrai en remettre le prix ou comment je pourrai vous le faire passer. Cet ouvrage est-il accompagné d'une traduction ou est-il en texte pur? Faites tout ce qui dépendra de vous pour me le faire arriver; M. Jomard, je crois, se chargerait volontiers de cet envoi.

J'ai une envie extrême de voir ce livre et surtout, pour le moment, la dissertation qui en fait la préface et qui traite de la musique arabe. L'origine de cette musique est grecque; cela ne fait pas le moindre doute et tous les Schayks le répètent ici tous les jours; le nom de Mouyeyeah n'est-il pas grec? Si la dissertation ne tend qu'à prouver ce point, ce n'est pas une grande affaire. Mais si elle traite des modes musicaux, des rythmes, de leurs formes, de leurs indications scripturales, c'est une autre question et bien plus importante ce me semble. Si donc la 2me livraison, qui doit renfermer la fin de cette discussion, est parue, envoyez la moi aussi avec la première. Je tiens infiniment à cela et vous me rendrez un véritable service. Voici pourquoi. Moi, j'ai aussi un petit opuscule arabe, un peu tronqué, sur la musique arabe, avec des figures d'indication des rythmes, et je désirerais savoir ce que possède M. Kosegarten à ce sujet. Peut-être la publication de ce petit travail compléterait-il le sien en quelque chose. Mon texte arabe avec figures a 4 ou 5 cahiers ordinaires. Mais je le crois unique au Kaire. C'est M. Fresnel qui me l'a procuré. Il y a donc en tout ceci une question importante à élucider. Soyez assez bon pour m'aider à en traiter quelque chose, en m'envoyant les deux livraisons de l'Aghâny.

Y a-t-il d'autres nouveautés importantes en littérature arabe? Qu'imprime-t-on de la grande histoire d'Ibn Khaldoun? Est-il vrai que l'éditeur en publie une traduction en latin? C'est bien dommage que ces œuvres soient transfigurées en latin; car les trois quarts du temps, le sens est presque aussi vague dans la traduction qu'elle peut paraître dans l'original arabe. Souvent le traducteur échappe aux difficultés de bien préciser la pensée, par la couleur incertaine d'une phraséologie latine à mots indécis. Mais enfin, cela vaut encore mieux que des non traductions; car il est si long de courir les originaux sans commentaires, sans secours!

Nos langues européennes sont bien plus précises; au moins étant comprises par des masses et parlées constamment, celui qui traduit dans une de ces langues doit être clair et juste d'expression; sinon tout le monde le réprouve. Au contraire, en latin, malgré tout ce que nous en sachions, il y a toujours moyen d'éluder une difficulté originelle par une expression plus ou moins louche dans la traduction latine.

Les affaires d'Égypte sont toujours dans le même état d'incertitude. L'économie est aujourd'hui le grand mot gouvernemental et on travaille de toute part à éliminer les employés européens. Par économie encore, on vient de réduire à un petit nombre d'individus, les élèves des Écoles; et l'École de Médecine par exemple, qui avait 300 élèves, est fixée maintenant à 130 seulement. Toutes les autres ont subi des réductions analogues.

Les troupes aussi ont diminué considérablement, et dans un état peu prospère. On ne peut rien prévoir de ce qui peut éclore des circonstances actuelles. Le Pacha est depuis deux mois dans la Haute Egypte, et aucune nouvelle politique ne circule ici; tout est dans le plus grand silence.

En Syrie, les Druses et les Maronites sont continuellement en lutte, en hostilités. Je viens de voir aujourd'hui un voyageur qui revient de Syrie et il m'a assuré que tout y était en désordre. A Naplowia même, il y a de l'agitation; les habitants ont refusé de payer le tribut.

Fresnel est au Kaire depuis quelques mois; mais il parait que bientôt peut-être il retournera à Djeddah.

Agréez, Monsieur, mes sincères amitiés et ma reconnaissance.

PERRON

VI.

Kaire, 28 Mars 1842

Monsieur,

Il y a bien longtemps que je n'ai pas reçu de vos nouvelles. M. Fresnel m'a dit que vous aviez terminé la publication de vos travaux sur la littérature Orientale; et cette nouvelle m'a causé un véritable plaisir. C'est une campagne de guerre, en vérité, que d'arriver à ces résultats; mais grâce à Dieu vous en êtes sorti victorieux.

Je désirerais beaucoup que vous m'informassiez du sort de mes malheureux Ansâb, c'est-à-dire de ce qu'on en a jugé lorsque vous avez eu la bonté de les présenter pour être admis à l'impression aux frais de l'Imprimerie Royale. Du reste, aujourd'hui même, je reçois le manuscrit que je vous avais envoyé. La

Société Egyptienne, à qui je l'ai offert pour
l'imprimer dans ses publications qu'elle va
commencer immédiatement, l'a accepté; et il
paraît qu'elle en fera imprimer une partie d'ici
à peu de temps. Veuillez agréer mes remerciements pour toute la peine que vous a coûtée
cette œuvre. J'ai reçu ces papiers sans une
lettre de vous; cependant il y a bien longtemps,
comme je viens de vous le dire, que je n'ai
pas reçu de vos nouvelles; et vous me rendriez
un véritable service si vous vouliez me donner les quelques informations que je vous ai
demandées dans ma précédente lettre, surtout
relativement à la publication de l'Aghàny et
de l'exposé qui le précède sur la musique arabe.
Soyez assez bon je vous en prie pour m'écrire
à ce sujet. Je connais plusieurs personnes ici
qui, si le texte de l'Aghàny est bien soigné,
désirent faire l'acquisition de ce recueil; et
cette acquisition leur conviendra d'autant plus
que la publication se fait partie par partie et
exigera par conséquent moins de déboursé à
la fois.

J'envoie à M. Jomard le reste de la première
partie du voyage au Soudan, c'est-à-dire le
voyage au Dârfôr. M. Jomard me fait espérer
de pouvoir le faire imprimer.

L'état des affaires est toujours le même depuis plusieurs mois. Le Pacha est constamment à parcourir les provinces afin de pousser les travaux d'agriculture. Dans ce moment il est dans la Basse-Egypte, où il fait semer considérablement de sésame.

On vient aussi d'établir une sorte d'octroi sur tous les objets de consommation qui entrent au Kaire. De plus, on établit un impôt nouveau qui n'a jamais été jusqu'aujourd'hui mis sur l'Egypte: c'est un impôt proportionnel sur les maisons. On en a mis un autre, mais considérable, sur les esclaves: tout esclave noir, homme ou femme, qu'on voudra faire entrer au Kaire ou en faire sortir, sera imposé de 300 piastres; toute esclave abyssinienne sera imposée, comme droit d'entrée et de vente, d'une somme de 500 piastres. Par ce moyen le commerce des esclaves, permis et même ordonné pour ainsi dire par la religion musulmane et que le Pacha ne pourrait supprimer sans offenser le bigotisme et la lubricité des pieux musulmans et surtout des Ulémas, se trouve attaqué et blessé profondément. C'est une des hontes de l'Islamisme, et le Pacha veut la faire disparaître s'il est possible. Pour provoquer, par contre, un commerce qui remplace celui-là, et qui se fait par les mêmes individus, ou peut se faire par les mêmes individus, il vient de laisser libre et sans droits ni impôts, ni rien, le commerce et l'importation de l'ivoire et de la gomme.

Quant à l'armée le Pacha ni personne ne s'en occupe plus. Elle se réduit chaque jour, et le nombre des réformés est assez considérable. Ibrahym Pacha est absent d'ici depuis plusieurs mois. Il ne s'occupe absolument que d'agriculture. Abbàs Pacha est de même; il parcourt ses propriétés et les fermes du Gouvernement. Mohammed Aly est aussi à faire cultiver; en telle sorte qu'il n'y a personne ici des personnages du Gouvernement. On ne sait pas du reste ce qui se fait entre la Porte et l'Egypte. Cependant il paraît qu'il y a quelques mouvements d'orgueil de la part du Sultan.... Outre cela il envoie 15000 arnaoutes en Syrie pour remettre l'ordre. Si l'affaire est ainsi, la Syrie va être une nouvelle fois en révolte. Car les arnaoutes ne sont pas des soldats, ce sont des brigands organisés. Mais ici, sous le rapport de guerre, on est au repos le plus indifférent.

Donnez moi donc quelques nouvelles d'Alger. Il court un bruit ridicule qui nous dit

qu'avec seulement 100.000 hommes, Abd-el-
Kader a complètement battu et ruiné les forces
Françaises.

Agréez, Monsieur, mes salutations respec-
tueuses, et ma reconnaissance.

PERRON.

VII.

Kaire, 28 Octobre 1842

Monsieur,

Votre dernière lettre m'est arrivée bien longtemps après sa date; elle m'a fait un plaisir extrème.

Je n'ai pas encore commencé l'impression de mes Ansâb; vous savez que dans une Société, on ne va pas toujours aussi vite qu'on le voudrait. Mais j'espère que, désormais, une première publication ne tardera pas beaucoup à être mise sous presse. Les retards viennent d'ailleurs en partie de moi; j'ai été depuis quelques mois occupé presque uniquement à traduire en arabe mon premier volume de chimie. Il vient d'être fini il y a seulement quinze jours.

Vous me demandez des explications sur ce qu'est la Société Egyptienne, dont je suis secrétaire pour la correspondance française. Remarquez d'abord qu'il y a ici au Kaire une autre

Société qui s'est appelée Association littéraire
et qui est un mince démembrement de notre
Société Egyptienne, opéré par suite de brouilleries individuelles entre l'ancien secrétaire
général de la Société M. Abbott et l'ancien
président M. Walne. Quelques personnes, environ une soixantaine je crois, se sont mises
dans cette Société, et en ont fait pour ainsi
dire les frais de fondation. Elle se propose de
faire des publications, surtout en hiéroglyphes
et tâche de former une bibliothèque. Quant à
la Société Egyptienne, elle est fondée depuis
six ans, et avait pour but, dans son principe,
de rassembler, par le moyen des souscriptions
annuelles des membres (la souscription est de
105 piastres), le plus de livres possibles, mais
surtout des livres ayant trait à l'Orient sous
quelque rapport que ce soit, histoire, géographie, religions, mœurs, etc. etc. Les voyageurs
de tous les pays, présentés par un membre,
ou simplement recevant un billet d'entrée de
la part d'un membre, ont le privilège de jouir
des livres de la bibliothèque dans le local
même où elle est située. Généralement les
voyageurs laissent à la caisse, comme présent,
quelques guinées de plus que les souscriptions,
et toute la collecte sert à faire face aux dépen-

ses de la Société. Maintenant la Société ayant
pris un certain développement, et par ses
membres résidents ici et par ses membres
étrangers etc., consacrera dorénavant une partie de ses fonds à l'impression de travaux relatifs à l'Orient. Dans ce moment nous avons
sous presse un mémoire, qui me paraît très
intéressant, sur l'emplacement réel du lac
Karoun au Fayoum, sur ses limites et sa destination primitive dans les inondations du Nil,
etc. Ce travail est de M. Linant, le président
actuel de la Société Égyptienne. Ce qui retarde
la publication de ce travail est la lithographie
d'un essai de carte jointe au mémoire.

J'ai communiqué à la Société la partie de
votre lettre dans laquelle vous nous offrez le
secours de la Société Asiatique pour faciliter
la vente des travaux que nous publierons;
votre offre bienveillante a été acceptée avec
enthousiasme, et je suis chargé de vous présenter les remerciements de la Société et de
vous exprimer toute sa reconnaissance. Il faut
en effet, comme vous le dites dans votre lettre,
que toutes les Sociétés qui s'occupent d'études
et de travaux sur l'Orient, se coalisent en corps
scientifique pour s'entr'aider et neutraliser enfin
les taquineries des individus qui ne dépensent

d'efforts que pour nuire aux publications des personnes qui ne veulent pas de leur amitié ou de leur protection capricieuse et injuste. Aussi nous vous enverrons, pour nous aider à les vendre, toutes les publications que nous ferons dans notre Société. Si j'eusse pu croire qu'il vous fût agréable d'être membre de notre petite Société, je vous en eusse fait la proposition.

Vous m'annoncez que M. de Slane a l'intention de m'envoyer son édition d'Imrou-l-Kais. Je me fais un plaisir de recevoir ce travail intéressant. Je tiens beaucoup à connaître les motifs qui ont déterminé le savant Orientaliste à accepter certaines lacunes. Veuillez, je vous en prie, offrir à l'avance mes remerciements à M. de Slane.

Je viens d'avoir entre les mains, pendant quelques jours seulement, les quatre premières livraisons de son Ibn Khillikân. C'est un magnifique travail. Mais si vous voulez que les ouvrages imprimés en Europe, passent en Orient et y soient vus d'un bon œil, si vous désirez qu'ils servent aux lecteurs Musulmans, donnez leur l'aspect qu'on aime ici; rapprochez vous le plus possible de la typographie qu'on recherche. Pour les Ulémas, le seul aspect de

plusieurs vers comme il y en a dans l'édition
de M. de Slane, c'est-à-dire dont les lettres sont
largement éloignées l'une de l'autre et unies
par de longs traits horizontaux, leur fait un
effet des plus malheureux aux regards et leur
répugnent incroyablement. Moi même je souffre
de voir ce genre de tracé et j'ai peine à
traverser ces traits allongés pour réunir
rapidement les lettres. Je sais bien que ce
genre de figuration est pour aligner les vers
entre eux; mais il faut serrer davantage les
lettres des vers les plus longs en tracé et
laisser de plus grands espaces dans les plus
courts. Je vous assure que ce point est très
important. Du reste le caractère d'impression
de l'Ibn Khillikân est assez près du caractère
qu'on aime ici. Ensuite il y a dans quelques
vers des erreurs dans la séparation des
hémistiches ; ainsi dans l'article de

بن الحسن على بن العباس بن جريح المعروف بابن الرومي

les deux vers suivants doivent avoir leurs
hémistiches séparés, le premier après le ى
de Wazyr, le ر est pour le 2me hémistiche; le
second finit son premier hémistiche avant le
 م de عظام de manière que ce م soit au deuxième
hémistiche.

Vous m'annoncez qu'il n'est toujours pas

question de créer une école de médecine à Alger. J'écris à ce sujet quelques mots à M. le Dr Chervin; je désirerais bien que vous puissiez en parler avec lui.

Je vous prierai aussi de me procurer ce qu'il y a de publié en Allemagne du Kitab el Aghàny; j'ai un petit ouvrage sur la musique arabe; je suis impatient de savoir si l'éditeur de l'Aghany en a eu connaissance; c'est un petit manuscrit qui n'est nullement connu au Kaire.

Je vous expédie la note des livres d'origine arabe, turque et persane, qui ont été imprimés à Boulac; je crois qu'elle est complète. Si vous le jugez convenable et utile, faites imprimer cette lettre là au Journal Asiatique. Je vous l'ai mise à part de celle-ci dans l'espoir que vous la ferez paraître au journal. Si elle est insérée, faites moi parvenir le numéro où elle sera, et faites m'en tirer quelques exemplaires à part. Je veux les placer ici.

M. Jomard a dû vous parler pour l'impression du voyage au Soudan. Que pensez-vous qu'il faille faire? Veuillez vous intéresser à ce travail et me dire nettement ce que vous en pensez. J'en écris encore à M. Jomard.

Vous me donnez quelques nouvelles des

affaires d'Alger; et vous pensez que la pacification dont on parle est un leurre. Je suis
entièrement de cet avis; ces soumissions de
tribus, ces traités, ces repos, sont simplement
des haltes pendant lesquelles les Arabes repren-
nent haleine et se préparent à de nouveaux
efforts. Ils se reposent pour recueillir leurs
moissons; la foi des traités pour eux est une
niaiserie. Des musulmans accepter sincère-
ment l'autorité des chrétiens! mais il n'y aurait plus de Koran. Il faudrait, pour que la
pacification offrît quelque poids de solidité,
que les musulmans fussent assez civilisés pour
comprendre ce qu'est, socialement, la confra-
ternité des peuples. Mais par où faire entrer
cela dans les têtes musulmanes. Le Koran est
une calotte de fer appliquée encore sur leur
crâne et doublant ainsi l'enveloppe de leur
cerveau inexercé. On ne gardera le musulman
d'Alger (comme il en serait de tout autre) sous
la direction française, qu'en lui imposant par
l'aspect d'une autorité vigoureuse et inflexible.
Ce sont encore des enfants et l'aspect de la
férule est un épouvantail nécessaire; ce n'est
que par la sévérité qu'on les tiendra, et qu'ainsi,
à leur insu même, on leur développera peu à
peu l'intelligence.

Quant à nous, en Égypte, l'état des choses est le même. On n'y comprend plus rien. On ne nous doit maintenant que 26 mois d'appointements. Et pour comble de désastre, une épizootie terrible enlève tous les bœufs et vaches; des villages les ont perdus jusqu'au dernier. De plus le Nil est à une hauteur effrayante et ruine les campagnes par la rupture des digues. Nombre de villages ont été envahis par les eaux et renversés.

M. Fresnel est encore au Kaire. Il a reçu depuis l'ordre de se rendre à Djeddah. Mais il désire avoir, auparavant, un Firman de la Porte.

Agréez, Monsieur, mes amitiés et ma reconnaissance.

PERRON

VIII

Caire, le 14 Mai 1844.

À Monsieur Mohl,
          Trésorier de la Société Asiatique,
                              à Paris.

Monsieur,

Je réponds immédiatement à M. Duprat relativement aux livres que je lui ai demandés au nom de la Société Egyptienne. Je vous adresse aussi au galop ces quelques lignes sous le rapport du conseil que vous me donnez, de présenter un projet d'organisation d'École de Médecine à Alger. Ce projet je l'ai remis ici à un voyageur distingué, M. Gaucherand; car ces affaires ne peuvent se traiter ainsi à distance. J'ai remis un mémoire à M. Gaucherand, mais il ne pourra arriver à Paris que vers la fin de l'hiver prochain. Moi-même je me propose d'aller faire un tour à Paris dans le même temps. Je prendrai un congé de six mois, ce qui se fait et s'accorde assez facilement.

Mais veuillez garder ces choses en confidence; je désire que rien de cela ne s'évente avant le moment où il faudra absolument traiter la question.

Vous me proposez d'adresser à cet égard quelque mémoire, ou écrit, à la Revue Orientale. Je ne doute pas que M. Denis ne s'empresse de donner toute la publicité possible à un pareil projet; bien que M. Denis ne me connaisse pas, je ne doute pas qu'il ne m'aide; mais il y a, au nombre des membres qui se mettent en première ligne à la Revue Orientale, un certain individu qui est le plus effronté charlatan qu'il soit possible de trouver sous la calotte des cieux; c'est M. Hamont. Il n'y aurait pas grande chose à dire encore, s'il n'était qu'effronté charlatan. Mais c'est l'homme le plus taré, le plus méprisable que j'aie jamais aperçu de ma vie. Je n'ai jamais eu de rapports particuliers avec M. Hamont, il n'a jamais mis le pied chez moi, parce que ici au Caire il ne mettait le pied dans aucune maison qui se réputât un peu. Mais ce que j'ai vu de certains actes de M. Hamont, ce que je lui en ai entendu raconter, ce que nombre de personnes ici ont vu et constaté, font de la vie de M. Hamont, la vie la plus sale, et de la valeur morale de M. Hamont, la valeur la plus en dessous de zéro qu'il soit possible. Personne n'a vécu dans plus de mépris mérité que M. Hamont, pendant tout le temps qu'il a passé ici. On peut tout raconter de M. Hamont en turpitudes, en faussetés, en actes de telle nature que vous voudrez, tout le monde ici le croira, tant ses vertus malheureuses sont bien connues. Il a été question ici de lui, il y a je crois deux ans, quand il demanda, au Ministère à Paris, d'établir un haras à Alger, et de venir ici acheter des chevaux. Cela faisait bien l'affaire de M. Hamont, et ses achats lui auraient rapporté un beau profit. Mais quoi qu'il en soit, le Ministère demanda des informations ici au Consul. 17 personnes furent consultées, 16 déposèrent tout ce qu'on peut imaginer d'infamant contre M. Hamont. La 17e personne resta indifférente.

Le nom de M. Hamont a ôté toute considération à la Revue Orientale ici; personne ne lui envoie d'articles et personne ne s'y est abonné. Sans M. Hamont avec lequel personne ici ne veut avoir affaire ni de près ni de loin, parce qu'on se croirait sali, nombre d'articles et d'abonnements seraient arrivés à la Revue Orientale. Et certes le journal aurait gagné à avoir des articles d'ici, car il est bien mal fait, bien mal rédigé. — —

Je vous dis ces choses parce qu'il serait bon que ce journal prît quelque considération ici et que M. Denis sût à qui il a affaire dans la personne de M. Hamont. Et puis, je vous parle de M. Hamont en connaissance de cause; je faisais partie du jury qui examina les griefs énormes qui vinrent enfin tomber sur M. Hamont, se vérifièrent en partie, et M. Hamont fut chassé du service du Pacha; je dis se vérifièrent en partie, parce que M. Hamont voyant des faits honteux, ignobles, se vérifier, dit qu'il se désistait de toute instance. C'était lors de la revision de son procès, car déjà il avait été bien et dûment condamné à la première fois.

En résumé, pour tout au monde, je n'enverrai pas un mot à la Revue Orientale, tant qu'y figurera le nom du susdit M. Hamont. Et jugez encore, quand on voit cette figure être vice président!... Vraiment la Revue Orientale a bien du malheur.

Veuillez me dire ce qu'est devenue la publication de l'Aghany en Allemagne? Se continue-t-elle? Pourriez-vous m'en procurer ce qui est publié? M. Slane m'avait annoncé

par vous qu'il m'enverrait son Amrou-el-Cays.
Quant à la note que je vous ai envoyée avec
une série de réflexions sur l'esprit des Ulémas
en Égypte, vous me dites l'avoir insérée dans
le Journal Asiatique. Je ne l'ai pas vue. Je
voudrais bien avoir le numéro où cette note a
paru. Mes généalogies ne sont pas publiées;
je ne les ai pas même offertes à la Société
Égyptienne.

Je n'ai pas de nouvelles de M. Fresnel depuis assez longtemps. Si vous avez des envois
de quelques livres à faire ici, il y a à Paris un
de mes élèves de l'école de médecine de Casr-
el-Ayny; il doit rentrer en Égypte au mois de
septembre prochain. M. Jomard et M. Caussin
(dont par parenthèse je ne vois plus de lettres)
vous en pourraient donner des nouvelles. Dès
que je verrai le Docteur*** je remplirai votre
commission.

Agréez, Monsieur, mes bien sincères amitiés et ma reconnaissance.

PERRON,
Directeur de l'École de Médecine

IX.

Kaire, le 14 Janvier 1845.

Mon cher Monsieur Mohl,

Je viens d'avoir ici la plus agréable visite du monde. Vous voyez de suite de qui je veux parler, de M. Ampère. Je n'ai joui de sa société que trop peu de temps, il a fait ici un trop court séjour. Le 31 décembre, après que nous eûmes dîné ensemble chez Soliman Pacha où il a trouvé des souvenirs de famille, car Soliman Pacha a connu autrefois la famille de M. Ampère à Lyon, M. Ampère s'est embarqué sur le Nil pour la Haute Égypte. Il a projet de passer au moins trois mois à ces courses, à examiner et étudier tous ces murs et débris thébaïques, et plus éloigné encore, il poursuivra tant qu'il trouvera pâture à ses désirs d'investigations. Déjà au Caire, il a eu certaines pièces à observer entre les mains de quelques amateurs d'antiquités.

M. Ampère a eu raison de presser son départ

pour la Haute Égypte, la saison favorable pour
ce voyage est déjà bien entamée et il pourra
avoir plus de vent de Khamein qu'il n'en
faudra pour ses recherches. A son retour, M.
Ampère se propose de passer environ un mois
au Caire. Mais s'il tarde plus de trois mois,
je crains qu'il ne me trouve plus ici; car j'ai
formé le projet de faire cette année un voyage
à Paris. Je prendrai un congé de six mois. Du
reste nous nous sommes donné rendez-vous
chez vous pour le mois de mai. Ne parlez pas
encore de mon voyage. J'aime mieux que cela
ne se sache qu'au moment de l'exécution.

J'envoie une lettre à M. B. Duprat avec 50
prospectus d'une publication qui va se faire
ici, celle du Dictionnaire Arabe de Firouzabâdy.
Je me suis chargé de la revision et du colla-
tionnement du texte, avec le Cheikh El-Tounsy.
Les manuscrits de ce dictionnaire sont ici
d'une extrême rareté et d'un prix exhorbitant;
et l'édition de Calcutta, ainsi que le Golius,
sont aujourd'hui presque introuvables. Une
édition à bon marché telle que celle que se
propose de produire M. Walmas au Caire, et
au prix modéré de 75 francs, me semble être
une bonne œuvre en faveur des amateurs
d'arabe et des lettres arabes. Veuillez faire